LANZAROTE ÉLÉGIES

Vincent Thierry

Éditeur Patinet Thierri

© Patinet Thierri 29/10/2003 - 2018

ISBN 978-2-87782-618-1 (3ème édition)

ISBN 978-2-87782-605-1 (2er édition)
ISBN 978-2.87782.259.6 (1er édition numérique)

ISBN 2.87782.203.6 (1er édition)

Éditeur : © Patinet Thierri

ISBN 978-2-87782-618-1

2

LANZAROTE ÉLÉGIES

LANZAROTE ÉLÉGIES

LANZAROTE ÉLÉGIES

Chant I

Éclair de rimes à genoux, de cieux de laves les serments dans la frénésie des mondes qui s'éploient, un ciel dense vint ce serment, clameur sans repos des âmes de la nue, des exondations fertiles rugissants au levant l'éponyme ascension d'un gestuel affine délivrant de son sein l'élémentaire conjonction du feu et de la Terre, et l'orbe en cil de ce vivant sillon lentement gravitait sa perfection, témoin de l'astre de l'aventure et de ses confluents, d'une demeure le fruit qui se jette sur le chant pour en opérer les fonctions magiques et majestueuses, orientation profonde, livrée au souffle brûlant des efflorescences divinatoires, où chacun en site sans émoi, dans la venue des profondeurs, délibérait un renouveau, un ciel dense, une épopée, une pâmoison dont les passementeries agglutinées élevaient dans le pourpre horizon des citadelles ravinées et éthérées, déflorant l'instant pour en magnifier le songe et éclairer le rêve,

Il y avait là des azurs incertains, des promesses profanées, et des horizons bafoués, mais d'autres encore dans le firmament des cendres, le ciel d'une incantation vivante déployant par-delà ces scories les fêtes ardentes de la plénitude et de leur essor, alors que se taisaient dans un bruissement de flot dantesque les premières émotions du ruissellement de la Terre émergée, vapeurs de couleurs armoriées jaillissant tel des arc-en-ciels tumultueux le corail et le gypse, l'émeraude et l'olivine, le cristal et les diamantaires effervescences de la nue, gloires du satin des âges hurlant en témoignage l'ivresse du moment, rencontre d'une quadri partition remarquable, le feu, l'eau, la terre, le vent, solsticiaux préaux de toutes routes menant vers le Vivant et son amazone destinée, alors que des foules moirées d'opiacées telluriques dansaient encore le flux et le reflux des mages allégeances Ouraniennes...

Festives aurores, le ciel pleuvait une densité amère, la forge illuminait ce sacre, de mille vents, de mille pluies, de mille signes, et insigne parmi ces signes, se dressait une parure, écume affleurant l'Océan brumeux, sépale armoriant les flots, rempart jaillissant frénétique et sublime incarnant la mesure d'une maïeutique éternelle, souveraine en ses talismans d'or et de bruine, glissant d'orbes en orbes la genèse d'une mémoire nouvelle disposant en son cil l'horizon sans naufrage d'un ordre neuf et éclairé, sillonnant de son corps la pure jouvence d'un prisme ardent dont l'éclair paraissait l'abondance et le recueillement, ornementation de la vague qui passe et revient, mystique, éclose, telle une fleur vivante déployant à tire d'aile son pollen azuré sur toutes faces du monde prairial afin de générer son devoir d'Éternité, certitude relevant des promesses de l'incarnation du Divin,

Qui ne cesse d'ouvrir aux temporalités distinctes le secret de l'Avenir et de ses ambres, force de son dessein par ces routes en nombre, ondes vibrantes de l'allégorie festive, dans la nuit sans errance délivrance de ramures, alors que ployées sous le joug des forces telluriques, s'étendaient, promontoires sans oubli, les laves incandescentes d'une joie sereine, allant, venant, dans une danse magnifiée les volutes en transes de conjonctions vives et tressées, de ce qui serait demain le parterre des floralies astrales du sacre de l'élan vital, enchanté de prouesse aux fumerolles nacrées et légères, perfectibles errances du moment, s'élevant en stries armoriées par couleurs votives de claires fenaisons, de pourpre en vermillon jusqu'au suffrage des sables altiers, geysers de leurs caprices et de leurs songes puissants, afin de naître en cette forge l'élément singulier de la portée désignée, l'Île sous le vent au promontoire glorifié...

Offrande du rite épousé, ferment des cieux du lis parfum des algues bouillonnantes, le chapitre du règne apparaissait dans sa méticulosité, ses brouhahas et ses fêtes magnifiées, signifiantes clameurs dans la bravoure exonde des farandoles gravitant dans une chaleur inouïe les messages de l'Éther, affines vertus du silence après les fracas des émaux aux chocs développant les passementeries glorieuses d'une insolence victorieuse de feu germant la terre, éclair du mystère épanoui dardant de ses rayons des tubulures granitiques d'où émergeaient, à peines nées, des ondes cristallisées réveillant la fortune des âges et la préciosité des vents, écumes de solsticiale demeure devisant ses lagunes, ses antiques préaux, et déjà dans le soupir des algues éployées la mémoire de la flore épousée, tendre élancement au grenat des verbes sillonnant la sphère des ébats et de leurs souffles, de leurs multicolores promptitudes,

Témoignant de la vivacité des ambres et de leurs gestes, épopée du Chant dans la clameur des rives essentielles germant des âmes de ce temps la gravure fidèle de l'instant, circonvolutions de pénétrations avides et impérissables libérant dans une fougue adulée les semences de la vie, de la plénitude et de sa grandeur, ici et là par les forces telluriques en ébats, ici et là dans la splendeur du firmament qui veillait l'accomplissement de cette magnificence déclamant ses pétales par toutes voies ouvertes de la nature et de ses sillons, armoiries limpides des flux et des reflux des ivoires opalins, et des sentes glacées comme des alluvions les plus tendres, et des fosses abyssales comme des élévations sublimes éclairant de leurs cimes l'avenir et son destin, ici et là, et plus loin encore dans le creuset de l'Océan, qu'ivoire le serment de la nue dans sa propice allégeance à l'Éternité devenue...

Laves éployées des mystères féconds, de l'insondable ardeur des chants de la Terre aux rayonnements de l'Astre Solaire, voici l'hymne en ses sépales, ses mille fêtes alanguies, alors que se tressent des verdures embellies les cristallisations affines de l'œuvre en sursis, des flots opalins aux étincelles d'un miroir où se mirent, ondines, les prestiges du feu et de ses orientations, mondes en état, des calices secrets les vertus propitiatoires, de l'Est à l'Ouest le parfum des règnes et leurs ciboires, si belles Îles naissantes et renaissantes dans la langueur du préau du vent maritime éclairant leurs nacres et leurs dentelles, leurs roseraies amantes et leurs flots vivaces qui ne se terrent mais lentement s'éploient dans une caresse triomphante sur leurs flancs navigués et féeriques, des âmes de ce temps les fugaces déchaînements de l'Ordre et de sa mesure impérissable,

Au souffle qui se berce, l'émeraude affine qui strie de ses calices les bains d'un calice serein, du sud épousé l'éventail des rubis cernant de leurs stances le joyau d'une couronne marbrée de lys et de stances, allant grand chant les mûrissements enchâssés du cil sous le vent, regard d'éclair et de sérénité dans la venue de la portée, où brille, talismanique, l'étreinte d'un azur souverain, marque du regard qui ne cesse de s'alimenter de la beauté là-bas, de l'Île parfumée de myosotis et de soupir, armée du Chant qui navigue à propos, d'iris la pluie du vent, d'histoire la perle du saphir où l'olivine maîtresse s'enchante agate d'un préau stellaire et divin dans la mesure d'un chatoiement d'étoiles blondies par les hymnes de l'Azur, d'un nom donné le nom semé, Lanzarote aux signes divins que la compréhension des cimes éclaire d'une pensée majestueuse, impérieuse en son dessein comme en sa tresse perlée de nacre et de vive arborescence...

Monarque citadelle des affluents du Chant, nous y voici, et mesure du chemin parcouru dans l'astre du vivant, alors qu'éclairée de Gemmes le fruit distant sans se corrompre éveille l'imagination la plus vive comme transcende la raison la plus pure, nous sommes de ce fait, et dans ce silence où l'agonie des vents distille le silence des moiteurs sans refuge, l'idylle naît un soupçon de vive efflorescence, jaillissement de la frénésie des hymnes comme des sources, des fleuves incantés comme des diaphanes bruissements de l'Amour dont jamais ne cessent de rayonner l'incarnat de la beauté et de ses mystères, de ses vagues amazones où s'en vient respirer le myrte du séjour une œuvre seulement, passée et revenue des danses à Midi, pour offrir aux écrins de sa somptuosité l'éclair du regard de l'Oiseau-lyre qui festoie, dessein de nuptiale appartenance où chacun composé en ses lisses harmonies devise le sens de la Vie,

De marche le signe épris, cette marche enseignement où la sagesse affleure les sommets comme les pentes ardues, ici et là, aux voies fluviales qui s'arborent, se maîtrisent, et dont le parfum est le clair éveil de la pensée ne se distrayant devant l'imaginale beauté et ses serments d'épures conjuguées, conscience sans repos des armes du vivant dont les fulgurances hâtives se calment, s'arborent, et dont le tumulte dans l'algue souveraine partagent les agapes d'une passion où se retrouvent, d'humaine appartenance, les dissemblances d'un message en concordance navigante, libre étreinte du savoir d'être et essaimer dans le mystère accompli qui veille son essence et ramifie ses mille forces par toutes étreintes déployées, du firmament des roses l'ouvrage gréé ne se ceignant d'une couronne mais bien au contraire affirmant son présent comme source d'une éternité que chacun demeure et accompli...

Mystère d'écume, s'alimente le verbe aux efflorescences granitées, passagères de brume, venues des ombrelles du Levant, par-delà les déserts équinoxiaux des danses lunaires, où se grée l'Oiseau, ivre dessein de la conquête du vivant, par-delà les courants qui sont témoignages, par-delà les flots et leurs vigueurs, par-delà les stances et leurs échéanciers, comme la brume se distille sous les chaleurs natives solaires, dont voici, portuaire, la dimension qui s'enseigne, et découvre dans la naissance acclimatée le soupir de ce rêve, de ce règne enceint de ses métaux gravifiques, de ses élans majestueux, de ses turgescences abyssales, roseraies de lys inondées aux clameurs de douves sans sursis, histoire, ivoire et prédestination des ondes, où l'onde ivoire ses rebelles incantations dans la pluviosité dimensionnelle des éclairs de passages, alors que se taisent les éléments et qu'apparaît, dans la grandeur nuptiale, la féerie de l'œuvre,

Irisation de la vertu dominante de ce royaume, où ici se trouve le chemin, la route parfumée et le divin sérail, que l'Oiseau-lyre, lentement, déploie dans la finesse d'éventails en écrins, là, des palmiers, atteinte primitive, où dansent sous la sève des flores vestales de miroir, étranges palmeraies de sites en gerbes fauves irradiant, ici et là, dans l'étrange caducée des œuvres, des sillons déclamant de vives citadelles où le chant lui-même se retient de peur de perdre aux lichens les fantastiques couleurs de leur monde, calciné, dantesque, épervier de sa propre dimension où la clarté obscurcit le velouté des actes accompli et prédestine, pour offrir au vivant ce lieu, une envoûtante latitude d'ombres portées disparaissant sous les regards volontaires du volatil magnifié prenant mesure du destin de son climat et de ses aires, ici et là levant de l'oriflamme étrange qui lui sied, acclimatation de l'offertoire de la Vie, promontoire sublime de la Vie désirable et désirée...

Chant VII

Tabloïde du Vivant dans l'escarpement du rite qui se nuptialise et s'officie, voici le Chant dans l'allégresse du souffle visité aux premiers chemins enfantés par le pas de l'Être qui devise, assiste au déploiement des airs sans naufrages, des cimes éclairées et des fosses claires où s'installe le bruissement des fières étraves de l'Océan, clameur des sens et signifiante beauté des algues qui se cherchent, s'épousent et se caressent, dans le firmament des hôtes paysages dont les couleurs s'ébruitent dans une farandole colorée où chaque signe est musical, épopée de preste allégorie dont les acheminements vont et viennent de symphoniques errances, marches triomphales mais aussi précipices du mot qui ne revient, tant l'enchantement est la merveilleuse consonance de l'oubli du soi, des autres, et par-delà la cristallisation, reconnaissance de la primaire arborescence, catalyse signifiante de l'hyménée des sacres du devenir et de leurs chatoiements,

L'épure est en ce chant, et le Chant lui-même dans l'acclimatation lentement estompe le souvenir des mémoires pour ne plus contempler le passé mais s'élancer vers l'avenir et ses fêtes, ses louanges et ses caprices, la Vie présente ne suffisant le déploiement mais la vie de l'avenir demandant sa génération, dans une force irradiante dont chaque état du Vivant conflue la détermination, l'impartiale nécessité, et du dessein de la parousie l'ordre lentement s'établit pour offrir ce sérail, instance sacrée dont l'épousée est nef de cristal, nef de la Vie et de la Voie partagée, nef au cœur d'airain dont la puissance est nouvelle à voir et essaimer, dans l'afflux du partage de l'innocence et de ses rythmes, dans l'afflux de la préhension de chaque vague par le flot tamisé de l'espérance et de ses œuvres qui ne se négocient mais se partagent dans une mesure propitiatoire et souveraine, éclair de talismanique détermination dont le Vivant témoigne l'arborescence…

Générosité du sens de la Vie, dans le cœur de l'harmonie qui s'irise, une vague tutélaire se montre, et l'opale en son séjour, cour de l'histoire anime son fléau d'arme, des ivresses de ce temps les granits Olympiens, les candeurs à genoux, l'ivoire en est montre, surannée des constellations divines, s'épouse et circonstancie le vœu de l'Humain conquérant les mille vagues dans le chant, aux flots de l'Oasis s'estompe pour ne montrer de sa parure que la brume et ses essences, dans l'âtre qui mugit le silence secret des villes disparues, des contes adamantes, et des routes opalines dont les ferments hier enchantaient une gravure dont les mondes de la mémoire se souviennent, car qui ne fût, déjà était, et dans le principe et dans la grandeur, dans ce rugissement du feu qui martela la conscience et ses origines, ses Temples sereins et ses épervières marches dont la vision gigantesque compose, marbre et densifie la conjonction majestueuse,

Visite du corail où l'ambre parfum se soucie, émule les âges de ce vent livrant à pâmoison la rive anachorète de son sens, là, dans l'obsidienne advenue des rimes éthérées, contemplation du vide au sursis de l'onde qui fut, mémoire de la Civilisation profane qui inonda de ses élytres les forces monumentales d'une piété gravissant des cimes sans oubli, insidieusement portée par la révélation des souffles et par la gratitude des mots, que le chant sans absence prononce, déifie et tutélaire, sans le moindre amoindrissement, perdure à la levée des voix qui invoquent, témoignent, exaltent, perdurent et disposent, oriflamme du génie de la Vie voyant après les cataclysmes la vertu se relever et sans étreinte redevenir la lumineuse perception des âges du Vivant, par-delà les nuptiales agapes de la conquête primaire devisée, par-delà les contemplations adulées des ataviques désinences de la mort et de ses silences louvoyés, défaits devant la rive nouvelle perdurant ce matin du Monde qui ne se lasse de la Vie...

Orbe des sentences que le vide comble, hier fut avant ce que le jour paraît, noble, prestigieux dans ses arborescences fluviales, voyant des cils s'éveiller à la conquête du règne, l'Humain en poupe sans naufrage des Alizés, porteur de nouvelle, la voie du songe pour éclair, firmament des œuvres situant de cales sèches les brumes matinales, là sur cette Terre de vivant, découverte et frugale de passants, alors que dans ses yeux myosotis l'épervier lentement suspendait son vol pour admirer ce sérail qui venait, des bâtiments ancrés de bois d'ébène, et de mats d'olivier aux frênes palissandre des vagues de l'azur, cargués de voiles, toutes brunes des embruns et des roseraies silencieuses que les larmes du marin témoignent dans la treille des murmurantes sources d'aloès Vera, au-delà des turpitudes des vents colériques, au-delà des astrales langueurs lunaires et votives, plus loin encore des continents chatoyants de luxe insondable, de merveille conséquente,

Essor incontrôlable, là où tout est règne et demeure, alors que sur l'Île de ce firmament se tient uniquement la joie de découvrir, porter l'enseignement, devenir le verbe et dans la majesté du sol affermir les lagunes, ouvrir les routes des sépales ardents, dans la mesure des fouilles et dans la destinée des cils, pâmoison d'un accueil, pâmoison d'une histoire luttant contre le déferlement des vagues à la rencontre de souches sûres affinant le souffle des agapes, la densité des sèves et l'augure prestigieux des lendemains à naître, féconder et iriser, avec cette volonté supérieure que ne contrarie l'Humain, car ce dernier se doit à la nature élémentaire du sillon qu'il conquiert, cette nature en tout point égale aux demeures ancestrales de son fait, dans la dureté du jour et la splendeur de la nuit, là sous les étoiles nombre, construction sur la destruction des heures qui furent éblouissement, construction du Chant de l'avenir et de ses forces, construction souveraine cent fois répétées et renouvelées…

Et des mânes à propos, dans l'orientation du verbe en demeure, orientation fauve sous l'abstraction des chants de haute mer, des hymnes de la nue aux arborescences sans troubles, naviguent le ferment des roses, épices des denrées de portuaires éloquences venant vivre le réveil des heures du jour comme du crépuscule, là de vivantes fenaisons, les exhalaisons du vide pour rempart, appropriation du terme et de ses limites, terme du vœu d'ouvrages bâtis, limite du souffle aux efflorescences diurnes et nocturnes des besoins, dans la préciosité des corps densifiés, dans la nature des esprits espérant le savoir, dans la beauté des âmes se cherchant et se retrouvant dans la piété du sens de l'aventure unique, antique et souveraine de la joie d'être pour l'Être et ses ramures, instance du sacré témoigné et renaissant voguant de navire en navire le conte de l'histoire immortelle du devenir aux vagues de sérénité appropriée,

Du souffle prairial encore, dans les avancés forgeant le satin du lendemain de naître, alors que lentement se légifère le devenir, en roseraie du nombre, opale et prestige, rite de la nuptialité, dans la langue comme dans le verbe, au-delà de l'inféodation des rythmes, toutes forces vitales s'accomplissant dans la force vitale de la mesure naturelle enchantant ce lis fécond et tendre que la terre redore en son blason assumé et signifiant, clameur de l'Astre sans désastre dans la portée sanctifiant le lien entre l'insondable et le réel, entre ces portiques où se tient le Pouvoir de naître et transcender, écumes solsticiales des aventures éblouissantes façonnant, libérant et conjuguant l'essor de la Vie aux plaintes du firmament rêvé, ici et là, poudroiement de l'infini dans ces latitudes sauvages et éclairées, prouesse du Vivant, s'il en fut de plus noble comme de plus vaillante, que l'espoir du conte alimente et témoigne alors qu'au zénith bruit l'éternelle densité de vivre…

Chant XI

Île en romarin des algues de la nue, où, le jour de fauve allégorie, pénètre un sens advenu dans la portée du règne, un sens souverain se devisant, s'interprétant et se consultant, alors que dans l'azur les pétrels dansent des vols inouïs, marche triomphale, splendeur à mi nue, concerto fantaisiste, adagio sans conséquence, mais toujours dans la plénitude de l'aube, majesté d'un regard qui ne se surfait, tant son acclimatation est rite, offrande vivante, précise au marbre de sa constellation aux différentes moiteurs de l'époque, de l'instant voyant changer, impérissable, sa demeure dans ses armoiries, ses couleurs, ses diamantaires effervescences dont les affluents baignent des lotus antiques aux ferveurs admirables, scintillants de leurs yeux clairs les tempérances de la Vie, là où le désert s'inscrit, là où la lumière pâlie, s'estompe puis renaît dans un pépiement exquis de couleurs moirées, âges sous le vent de frontières escarpées,

Âges de l'Île bleuie dont le crépuscule inonde la clarté du vol du faucon, libre errance aux marges terrestres, allant et venant dans un hymne suranné la force des vents, l'équipage de proues divines, mesure de ce qu'hier encore les marins enchantaient dans la pénombre des cités aux oriflammes sillonnées, sans amertume, tous de joie consumée à la brume venue lorsque aux portuaires dimensions les cargaisons enfantaient les soutes des jours d'avenir, de ces plurielles densités qui montent en éventail par les clameurs des fumerolles des volcans œuvrant les myriades de la terre et de ses écumes, assemblées à l'étrange ressemblance entre la faim des êtres et la faim des mondes, se congratulant de versatiles aurores indéfinissables et magnifiées, ici et là dans ce préau des âges dont le lys enfantement conflue la réalité d'un domaine où l'Âme est aquilon et fécondation des univers, par l'univers ébloui des temps ataviques où la mesure déploie un souffle exultant une promesse...

Promesse du jour fauve, promesse de la nue tendre, promesse de l'éloquence, et des époques qui passent, et des ramures qui se visitent, et des conques à genoux dans la pléiade des essors voluptueux qui se devisent, là, ici, plus loin, dans le marbre des orichalques et des schistes veineux dont les fleurissantes perceptions d'amazones s'effeuillent afin d'idéaliser le rêve et ses mesures, qu'une inexpugnable densité d'alcôve prononce, au feu du granit, dans l'antique nef des servitudes et des devoirs, de celles et de ceux accomplis par la désignation de la viduité et de ses paroles mauves, dont les écrins en ocres participent les ruissellements denses de l'amour, miracle des essaims qui vont et viennent les passementeries du printemps éternel, au grenat de l'abeille vivant parfum des roses, et dans la fève adamante des espoirs site impérial marquant sa mesure d'un impérissable dessein de joie, faste de ce sol de rocs épousés où se tient son ornementation fractale,

Devise des épanchements solaires aux élytres de ce temps, dans la fourrure des armes de ce chant, où la faune assagie lentement se développe pour nourrir le sein animal de la densité vivante, ivoire en préau dans le rire des enfants, la joie souveraine précisée, que l'orientation des cils destine à la pureté, à l'incantation, à l'apprentissage de cette survie familière fondant les remparts des sources de l'humaine perception, ressemblance de chaque acte vivant dans ce monde neuf où l'expression se donne maritime par essence, des rives de la pêche les splendeurs et les déceptions, les étonnements et les candeurs, toujours renouvelés dans la frénésie et du partage et de la reconnaissance de ce partage par les mille voix empreintes de ce sérail, celles qui y vivent comme celles qui y viennent, celles toujours assoiffées de la compréhension des vagues marquant de leur mesure le sens du destin incomparable, conjugaison du rythme et du rite de l'essor de l'aventure commune...

Chant XIII

Trame des jours et des chants, trame multicolore naviguant en secret l'écrin de la pâmoison des algues de ce temps, des sites vivants l'écume maintenant se tresse, et les villes en miroir dans leur cortège s'insinuent pour parader de leurs murs de chaux blanche aux grivoises rectitudes des roches balsamiques, cendrées, noires et luisantes, le faîte de leurs hymnes en tous lieux devenus conquis et essaimés, la Vie est là, mesure des champs et des labours, mesure des faunes et des services, mesure de pépiement et d'aboiement, mesure des lustres qui n'avancent mais toujours paraissent pour accomplir, régénérer et conjuguer et l'essor et leurs frénésies, leurs désirs, leurs prouesses, dans le conte léger de l'heure qui passe, de sueurs ardentes aux solaires espaces confluant le vertige mais aussi la splendeur de naître l'agape des lendemains, ici sur les terres de l'astre, plus loin sur l'Océan aux abysses profonds, toujours dans la mesure, toujours dans la joie, toujours dans la plaine du désir,

Qui ne s'équivoque mais se prononce et se signifie, voyant des aires de l'Humain aux brunes appartenances le sourire d'une moiteur et d'une reconnaissance dans les rives épousées, ces talismans de la viduité alimentant la souveraineté de leur chant, sans refuge aux stances fidèles et signifiantes, aux clameurs adulées par le fruit des mariages et des secrètes alcôves où s'enfante le lendemain, où l'Art jaillit, incontournable ramure, du don comme de la fertilité l'émotion glorieuse inondant sans sommeil l'épure des âges se délivrant, par-delà le granit et la pierre marbrière, par-delà les éclats du ciseau qui forge la forme dans l'arbitraire mesure naturelle, afin d'offrir cet hymne du vivant à la Vie, essaim du rêve ordonné et précis d'une constellation d'âmes par ce règne où chacun est pierre précieuse de tous et communiquant de cette étreinte en l'orbe du lieu, car avenir et devenir de ses promesses et de ses heures...

Plaine du séjour et séjour de la pluie, ivoire, dans le chant alors que la plénitude d'hier se retrouvait, le soleil haut dans l'azur enchantait ses cocons de terres en les embrasant, le voile d'un équipage se tressant et de larmes s'en venant couvrir le préau d'une brume opiacée, car que l'on ne se trompe, la pluie était là, malgré les torpeurs d'hier et de la nuit même, la pluie souveraine et silencieuse, la pluie drue et fertile environnant de son chant altier les rigoles de ce champ terrestre, alimentant les fontaines du désir et s'écriant de villes en villes, de hameaux en hameaux, pour apporter le message de la renaissance et de ses vagues, pluie de joie, pluie sans mystère où chacun se baignait pour éveiller son regard à la plénitude d'un instant sacré, pluie de voie nouvelle dans le dard des rayons qui se prononçait malgré son déferlement et son autorité votive, pluie encore annonçant la pluie des corps, la semence de l'ouvrage bâti et la splendeur de ses écrins par les mystères de la création et de la beauté,

Des mânes en silence alors que les nuages lentement dérivaient une noire profondeur de dentelles parsemées de lilas fauves et bruissant, de mânes en accord tandis que le pécheur rentrait au port, malmené par les eaux de l'Océan fidèle déchaînant ses rives et ses galets, mânes où la pluie roulait dans un signe discontinu et souverain, que l'algue elle-même regardait avec délicatesse, enfouie dans le secret des vagues, enfouie dans le cœur de la nue où lentement s'estompait le nom de la raison pour faire place aux imaginations les plus fécondes, voyant des astres la nuit levée brandir ses oriflammes, éclairs en semis pour inonder la vague tressée, jusqu'au moment sublime où d'un seul coup se taisait la vaste promptitude de cet élan, et que revenait, dans une majesté toujours renouvelée, le Soleil éclatant de promesse, luisant de la terreur de la minute passée la magnificence d'un lieu éclairé de prestigieuse éloquence, l'Île épousée aux escarpements magnifiés par sa visitation...

Chant XV

Nue du rêve en sève du regard, alors que la musaraigne cherche son nid parmi le séjour des algues et des lichens, tandis que le vol des pétrels s'éternise, un être va son chemin par les canyons timides des orbes de ce champ terrestre, et son pas dérive la beauté majestueuse des volcans qui s'imprègnent de son souffle, ici et là dans la vague en semis, des hauteurs inégalées, des roches balsamiques en souffrance, et des calvaires nés de l'irradiation des odes de leurs forces, messagères de hautes définitions s'inscrivant dans la source lumineuse, ici, là, des êtres en formes particulières, des états de la matière la coordination des souches qui s'amenuisent, s'orientent, et se devisent, tandis que l'imagination en prend le cœur pour en dessiner la forme, forge irréelle des passions de la terre, voyant des hymnes se prononcer, s'éclairer et dans la fertilité du moment dessiner la trame de ce temps, et autre que ce temps, des temps à venir, des temps sans oubli qui se réclament,

Voyez de l'astre cette forme qui conflue, dans les faces d'orichalques et, dans la gemme les yeux, parle d'un séjour, de l'enfer revenu des feux ardents qui consument, afin de naître l'impérissable densité balayée par les flots et le grenat de la Vie, forme étrange et caressante, forme de la vie et de son souffle, forme encore dans le corps de l'ouvrage se pressant pour conter les péripéties qui furent, alors du jaillissement frontal des Hespérides de grand vœu, dans l'aventure advenue de la signification profonde de l'élan gravité, tellurisme sans ambivalence alimentant le feu des certitudes, celles magnifiant la constellation de la voie qui s'affine, du désordre qui se sanctifie dans l'ordre, toutes voies offertes à la reconnaissance de l'intimité nuptiale du vivant, toutes formes éclairées et chatoyantes devisant l'avenir et son immuable randonnée, épopée des stances de ce chant voyant ce voyageur égaré illuminé par leurs présences...

Qu'affine le souffle dans la préciosité des verbes et des paroles qui s'envolent, s'éclairent et se ramifient, la fête est vivante en ces lieux de séjour, la fête de se retrouver au-delà du néant dans la brisure et la ciselure de ce temps, rencontre de chants et d'autres chants encore, rencontre de vivants aux yeux clairs et détourés marquant de leurs essences la connaissance de toute irradiation le contraste magnifié de cette terre qui ne s'épuise dans ses incarnats, ses constellations de couleurs, ses irradiations magnifiques, voyant chaque mesure de l'aube au crépuscule changer de forme, changer de visage, changer de sens, alors que l'éternité profonde veille pour faire apparaître dans l'aventure de la houle maritime le secret de la perfection qui se recherche, le secret écrin de la splendeur que nul dans ce jour ne peut accueillir sans un recueillement profond et distinct, au-delà des rimes amères et mortifiées, au-delà des pleurs ou des larmes devisées,

L'enfantement du Chant étant précisément le Verbe de ce souffle, le Verbe dans sa conjonction fraternelle déversant ses odes par tous chemins, ici et là, dans l'accueil et la promesse d'un accueil, ici et là dans la reconnaissance de l'accueil, cette forme qui ne connaît l'étranger, cette forme qui considère l'Humain au-delà de ses écrins, de ses formes, de ses accoutrements, de ses couleurs novices ou nuptiales, toujours délaissant le paraître pour ne naître qu'à l'Être et son souffle, dans le partage de son irradiation, la curiosité de son verbe, l'élémentaire gratitude du don qui ne se légifère mais est dans sa simplicité, son abandon, enfantement des joies et des parcours de rencontre se déclamant et se portant aux portiques de la voie réjouie, de la voie sublime et solsticiale, où, accoudé à la table des hôtes de ce lieu, chacun aspire à être afin de donner à son tour le parfum subtil de sa destinée à cet autre qui n'est qu'un autre soi-même...

Chant XVII

Ravissement du Verbe en mesure de la flore opiacée marquant de ses frontières son appartenance au rythme des moissons, il y a là, rebord des salines, des nuées équinoxiales brillant et luisant un sursis pour la festive renommée des sorts qui confluent, alors que la pluie vient de parfaire l'équipage de leurs promesses, le lieu souverain où des floralies divines jaillissent, fêtes d'avant fête du parfum de leur somptuosité, fête d'avant lieu dans le goût suranné de leur désinence prompte fertilisant le lendemain, fête de l'amour aux danses sans équivoques bruissant de serments sur les plages diaphanes et tendres, rencontre humaine de l'appartenance et de ses joies, dans cette féerie des algues sous la nue prononçant leurs sèves et leurs éclats, un rire porteur et une suavité précoce enfantant le dire et le sourire d'une charnelle situation aux ambres qui s'étreignent, se prennent et s'éternisent, au-delà de l'instant d'une appartenance dans le rite de la voie,

Danse d'après danse, alors que le soleil pleut ses éventails de couleurs, dans le flux et le reflux de la vague baignant les corps sans sommeils parlant de leur désir, de leur promptitude, de leur élan à essaimer, toutes voies ombrelles du propos, alors que, comme nichent les pétrels d'amoureux essors, les êtres de ce chant se rendent en couples vers l'heureux paysage de leur destin, de leur conscience, dans le velouté exquis des paysages isolés, ici et là, parmi les roches herbivores et sablières des couchants tressés, toutes forces animées à la constellation de la joie, toutes forces consumées et renouvelées à la définition du sacre qui instaure la plénitude en chaque âme signifiante, partage et éclair de la Voie aux multitudes des écrins, dans l'harmonie du vœu d'Être et renaître, dans cette tempérance moite de sève irradiant l'arc-en-ciel du désir éblouissant les yeux enfantés de la caresse noble de l'éternité...

Chant XVIII

Noblesse de l'ardeur de la vague aux plages azurées, noblesse profonde issue des coralliennes effervescences de l'Océan Antique, de sa plaine abyssale et de son désir frénétique d'ourler de frais ramages les côtes d'alluvions et de stances éblouies, nous y voici dans la moisson noble du jour de la voie, et les équipages dardent leurs yeux sur l'éclair des lames blanches qui insinuent dans le dessin des roches leurs caresses les plus profondes, vagues en assaut des dimensions charnelles de la pluie humaine, toute volition pénétrante et pénétrée de faces ruisselantes de l'éternité qui veille, accomplie et poudroie de son immensité l'algue du zéphyr et ses routes nombre par les assauts du vent, parousie de la nue dans l'opale violette des affronts dantesques se taisant devant la rive magnifiée des circonvolutions moirées de songes et de grenat, ici et là, toujours accomplies dans le flux des étreintes qui enseignent leur nom par toutes faces,

Qu'irise le seuil de l'aventure ouvragé, dont le signe de la fécondité, sans jamais se tarir, inonde la portée des mondes, clameur à mi-repos de voiles épurées, de stances achevées et de rives éveillées, toutes voix de la nue portant dans la dimension sereine le souffle de la Vie, écume au cristal de la roche légiférée, écume dont l'ambre est l'embrun sacré de toute mesure devisée, portant dans ses lagunes la rive de ce chant pour en signifier et la profondeur et la candeur, profondeur de la Vie, candeur de la vision qui s'ébruite et se propage pour prononcer, sans effarement, la destinée qui se tient là, préau de la conquête de la vision, préau magique où chacun s'inscrit pour écrire à pâmoison le sacre de sa contemplation et de son déploiement, ce sacre vertueux qui n'a de conséquence que dans le partage lui-même de ses arborescences et de ses efflorescences, partage sans cesse révélé fondant la construction des mondes, et de ce monde particulier, unique et magique à la fois...

Monade du flot des algues brunes et charmantes dans le sol de la nue, dans la vague portant l'intransigeance du sourire et l'incarnat du rire de vaillance, allant porter plus haut le sépale de la voie, allant plus encore dans la pénétration des sources de l'Océan pour en comprendre l'affinité et la préciosité, cette force intempérante qui manœuvre ses écrins, enfante ses regrets, témoigne les afflictions, mais toujours demeure en son cil comme en son chant le sacre nourricier de l'espèce et sa vertu, alors qu'au loin, dans la tresse nuageuse des fleurissantes perceptions, vont et viennent ces navires et nefs aux noms glorieux, équipages cendrés à la moisson mûre des conquêtes, hier encore en départ des joyaux de cette couronne de lave qui frise l'éternité, hier encore, mais déjà s'estompe leurs couleurs pour faire place à la densité des cieux et proposer non un couchant mais un levant magique et souverain, incitant à la découverte de nouvelles forges et de nouvelles demeures,

Étoiles en nombre aux circonvolutions lactées fêtant l'harmonie des mondes, étoiles en brise dans la profondeur ouatée des dimensions nous enseignant, et dans la ramure du plus vaste équipage prairial désir de leur conquête s'élevant jusqu'aux cieux pour prononcer le devenir, alors qu'hier encore bruissait simplement le pétale de la rose dans les yeux du vivant sur ce monticule de terre ouvragée, soupir de l'Être face à sa destinée, conquérir l'infini et ses passementeries d'ivoire et d'opale, conquérir à jamais dans la tresse de l'espace de nouveaux mondes éclairés, de nouveaux mondes magnifiés, de nouveaux mondes épiques et denses à la ressemblance de l'Île aimée, dans le gestuel impérieux de la Nécessité qui stance ses ébats, ses éclats et ses forces afin de gréer les navires de leurs existences et de leurs splendeurs affines, toutes voies conjuguées s'élevant dans un parcours diaphane que l'Aigle regarde du haut de son aire souverain...

Signe de vaillance dans les termes de la roseraie des lys, des mauves floralies, et des roucoulements enchanteurs des volatils gracieux qui ébattent leurs désirs surannés, la fève adamante se tresse de beauté et ses ruissellements fauves s'ébattent de caresses dans la splendeur d'un chant Océanique s'accouplant à sa destinée, libérant sa sève de l'aurore aux palmeraies joyeuses clamant sous le vent la beauté des sites colorés aux mystérieux parfums encensant la pluviosité de granits abyssaux, routes charmées dont les transes sans équivoques baignent de leurs caprices les ondes armoriées de danses sous le vent, frénétiques vertus de songes venant parfois quérir le lendemain dans la brume des silences, dans ces moiteurs fécondes que l'orientation des signes déclame par toutes forces aux plus vastes promontoires de la densité de vivre, ici et là, frondaisons sans comparaison par toutes terres engendrées, car de la terre l'essence même de la finalité des genèses armoriées,

Sens de l'aventure de l'Île parfumée, retour des vagues des âges qui se précipitent, demeurent et engendrent la fécondité, l'ardeur, et la pâmoison d'un sérail souverain, alors que l'Aigle danse dans les cieux sa danse amoureuse, précieuse et circonstanciée dans le chant se mesurant, déclamant à l'univers sa prouesse d'être au-delà des vagues et des terres, au-delà des racines et des enchantements, l'enchantement même de la Vie, puissance et incarnation qui ne s'apprennent mais sont en soi comme les joyaux intenses d'une couronne qui ne se trompe, qui ne se décide, mais est tout simplement, car toujours fenaison, car toujours moisson sans abîmes, cime de la portée des songes allant et venant ces lendemains à naître dans la joie, dans la splendeur et dans l'humilité sereine du firmament et de sa gloire, au-delà des temporalités réduites, car toujours voguant vers l'Éternité et ses élytres majestueux...

48

Chant XXI

Ambre en semis des sables mordorés, des farandoles de papillons colorés butinent ce préau, et le pas dans la vague azuréenne y vient son nom porter, doux rivage, l'éclosion de leur vœu et la tempérance de leur sens, un visage expression de ce chant, un corps densité prenante et magnifiée, dans l'émotion du rire, dans la caresse du vent, dans la pénétration de l'onde sans sursis glorifiant ce paysage, dont voici les tresses de firmament, continues délivrances enchantant le moment d'être, où la vague, au ressac, retient une éternité, y épuise ses contours pour ensemencer son règne dans un affluent merveilleux voyant de la portée du règne la considération du rêve et l'altruisme du songe voguer en ses prémices, non la précarité d'une ordonnance, mais la pluviosité de son granit, sans errance, dans l'accomplissement et son secret opalin baignant de ses ardeurs la novation d'un séjour, la clameur d'un embrun et le charme discret d'une érosion aux forces maritimes ouvragées,

Ainsi le sort dans l'effusion des sens, alors que la parole donnée lentement s'envole à tire d'aile, tel ce papillon nacré allant et venant le sort de son destin, où s'en viennent le règne et la parousie effeuillés pour d'une caresse en moissonner le cœur, dans le sens de l'aventure profane que la raison exonde, dans l'essence de ses clameurs et de ses rites, de ses perceptions ouatées de moiteurs sublimes où dansent les passementeries joyeuses de conques au vent, de flûtes par les champs, loin de la contemplation, qui s'unissent dans une musicalité inscrivant la pérennité au levant du firmament composé, dans une gratitude dont l'idiome en répond s'espace et se recueille afin d'offrir dans la pulsion des heures cette minute tendre et sauvage, cette minute exquise et sereine faisant de la Vie le plus somptueux des cadeaux, celui de l'Éternité, insigne des profondes mélopées dont le ci dispose par les conjonctions merveilleuses de la Voie et de son sillon voluptueux...

Chant XXII

Nourriture en fête par les chemins, des hôtes de ce champ les imprécations du verbe dans le parfum des baumes de la nue, qu'ivoire les senteurs adulées aux narines assoiffées de songes et d'écumes, il y a là ferment du pain et de la viande, de l'essor des fruits de la terre germée, levain des heures de passions aux tables franches exondées qui se parlent et s'animent d'histoires à propos, et d'autres sans propos, simple salive ruisselant l'agape de l'instant, dans le désir de vivre et contenter le sort dont les espaces sans troubles sont demeures, vision d'âges rassasiés, épure d'assiettes de cristal aux reliefs égarés, de verres en sursis vidés de la peine contenue des vignes de la nue, là-bas sur ces coteaux protégés par la pierre balsamique, contre les vents, contre les sourdes agonies du temps, protégés aussi de l'aridité, dans la tenue de l'eau aux escarpements frontaux de la viduité qui parle mais ne paraît, condensation des œuvres aux fronts baptismaux de l'étreinte du regard luisant un sourire enivrant,

Qu'ivoire le meuble qui rougeoie sous la cendre des cheminées hâtives, non celles que l'on croît, mais celle naturelle qui s'épanche tendrement au-delà des profondeurs et lentement grésille la viande des faunes dans un jaillissement de graisse dont les exhalaisons retiennent l'attention et permettent à chacun déjà de déguster le signe de cette nourriture au-delà des ferments qui s'enseignent, bruissement de palpitation et de déglutition forçant l'admiration des équipages chamarrés venant de naître aux cimes des volcans jamais éteints dont le souffle charrie les tendres mélopées des cœurs qui s'unissent, se réconfortent et se nuptialisent dans une féerie d'ocre et de puissance, aux agapes partagées du jour, lendemain de vie aux moissons de miel et de pollen, d'azur enchanteur dans la préciosité du temple de la Vie où chacun brille de ses volutes afin d'en incarner la décisive dénomination d'être et d'essaimer...

Chant XXIII

Sans allégeance du terme, l'histoire nous est conte et la roche y ébruite un autre fard où la densité accomplie, enseignement sans rupture dans le sol de la fertile renommée, des cimes l'état des années qui furent engrangement solide de laves sans afflictions élevant leurs panaches par mille floralies, fluides du feu et de ses extases, dans une jouissance magnifiée dont les ressacs fabuleux moissonnèrent et la croûte et la mie de ce qui fut un instant éternel, précarité de l'aube aux chemins abandonnés, aux hameaux rapidement quittés, alors que bruissait dans un tonnerre sanctificateur le devenir de plages ourlées de monticules et de réticules empanachés de sève, ici et là dans la noirceur accomplie des vents porteurs, montrant par tout visage la peur d'un lendemain, mais aussi l'exquise contemplation de la Nature en œuvre, arborant ses panaches de candeurs, des soufres et des illuminations nubiles décriant par la témérité du vide l'annonciation de vivre et espérer,

Une vie pour ce serment dans la parure nuptiale et féconde de l'ornementation, contée et supérieure par le souffle embrasé de la terre aux cieux, répondant un accord, un désir dantesque de pulsions aphones remplissant l'immensité d'un dédale de couleurs aux scories témoignées d'ivoire et de gypse, incantation fabuleuse de mémoires antiques disposant aux parchemins les méandres sinueux des randonnées ataviques, perpétuant ce secret des actes vibrant d'une foi inimaginable devant la grandeur des déchaînements naturels et opiacés, conquis et conquérant, déjà larvés jusqu'aux flots de l'azur alors que l'Océan, fidèle, tendrement léchait les plaies de cette terre renouvelée afin qu'elle renaisse sa pluviosité et son élégance au-delà des colères charriées par l'intempérance et ses convulsions motrices, issues de la matrice commune à toutes pentes comme à toutes cimes de ce monde éclairé, pentes et cimes majestueuses dont nous sommes les fruits et les instants sacrés par la Voie du sérail accompli...

De la voie aux voyelles hispaniques, nous viennent les cils du répons des vivants, par les passés troubles comme les présents vertueux, des équipages cendrés de la conquête épithéliale, Arrecife la blonde, monocorde aux espaces navigants, des souffles les épices venant San Bartolomé par les ramures de Téguise au marché enivrant, cœur sablier des plages mordorées où la cristallisation d'Arrieta se montre, digne des Arias les plus purs où s'en vient la grâce de la beauté éclairée par la montagne des vêtures précoces, par-delà El Rio qui nous revient en équipage pour reconnaître le mont Del Chache ruisselant magnifique les prémisses de Timanfaya, pré nuptial de Yaiza toujours éperdue et recluse dans cette dimension de Tinajo dont les éclipses soudaines parfois alimentent son verbe et témoignent sa source, promontoire rescapé des fidèles incantations qui se livrent et se délivrent, telles déesses aux frontispices glorieux d'édens incertains qui ne sont qu'éphémères passants de l'histoire,

Mais sans lassitude estompent les aires du désespoir soumis pour graviter déjà les golfes clairs où la pensée demeure, lys des souvenirs antiques, aux marches atlantes rêvant encore dans les pierres le parfum des Hespérides magnifiques, lentement s'épousant aux parterres sabliers, jusqu'à la pointe de Papagayo où le sens advenu plonge vers le Sud son respire safrané d'histoire et de conquête, de rêveries en rêveries, alimentant le sort de la plénitude et de ses espoirs confrontés aux réalités les plus denses comme les plus formelles, lyre de l'horizon dans la gratitude du regard sans équivoque et la splendeur et les travaux en cette splendeur, écume architecturale qui s'impose, de César Manrique la perpétuelle demeure que l'on voudrait encore voir vibrer de ses perfections pour enchanter les couleurs, prémisses de l'orbe qui ne doit se taire dans l'or aventureux, afin de gréer cette voile immense qu'est Lanzarote par l'Éternité...

Cactée du songe aux fières amazones que l'emprunte des champs de terre glorifient, alors que le soleil descend ses ramures impérissables, voyant des ondes messagères les fugaces réalités se perdant dans l'imaginaire, la roseraie du couchant, les enchantements du vivant, et dans la forme et dans le souffle, et dans la joie navigante des soupirs d'ombres en ombres témoignant de couleurs magnifiques allant stances leurs ébats, dans la ronde du firmament qu'un vent précieux confère pour alimenter le frais parfum d'un moulin renaissant, là dans la pluie des ocres et dont la clarté des verts se pourpre, s'amoncelle et se ruisselle avec l'aisance de coloris qui ne se narguent mais lentement s'additionnent, se soustraient, s'animent, se compulsent à l'infini pour donner à la vue l'impression soudaine d'un arc-en-ciel infini qui jamais ne cessera dans la définition même de son azur qui contracte le Verbe et la pensée, officie leur règne et alimente leur désir,

Il y a là une parousie enfantine se liant d'amitié avec le cœur de l'adulte ne se méprenant sur cette rencontre altière dans la définition de la raison et de l'imagination, où se tresse l'imaginal, cette vertu seconde de l'humain qu'il doit déployer pour en comprendre les fonctions, à la ressemblance de ce champ de cactées dont les effluves montent vers les cieux pour conjoindre les sèves et conjuguer les sorts, advenant dans la compréhension de leurs feux le témoignage que rien ne se tait malgré le désert enfanté, rien ne disparaît malgré les méandres de la vie, rien ne se complaît, mais toujours le tout se devise et dans l'irradiation de sa portée, au-delà des complaintes, enchante la Vie quel que soit le ruisseau qui le porte, quel que soit le fleuve ou l'Océan qui l'emportent, inconditionnelle réalité montrant qu'il n'existe de dualité entre la préciosité et l'infini, l'un et l'autre étant complémentaires à jamais de l'Éternité et de ses vagues...

Où le propos est art, dans l'affinité des vagues qui se composent, alors que le souffle s'éveille de la clarté des ondes musicales qui s'écoulent, irradiant de pérennité les grottes affines de la pensée minérale et, dans leurs circonvolutions, de leurs animations fertiles de la vie, aveugles impérissables, mais dont l'ouïe profonde clame ce vertigineux essor, sans complainte, tout de l'air enchanteur et conquérant qui sied à la volonté humaine de faire apparaître au-delà des apparences le front d'or de la viduité, source du souffle qui ne s'emprunte mais se clame dans sa diversité, son accomplissement, sa résonance, son acclimatation aussi, alors que se tait le silence pour mesurer dans le pur auditorium à la composition architectonique mesurée, l'espace de la grandeur et de la magnificence, là, ici, dans ses volutes ajourées, ses prestigieuses illuminations rêvant d'espérance, de marbre et d'innocence,

Splendeur affine dont le voyageur d'affluents en affluents, devine la quiétude, la mémorable sérénité baignant ce cœur de Lanzarote, épris de ses vertiges et de ses pénétrations dantesques, épris de ses insolences comme de ses courbes harmonieuses, épris de ses instants qui sacrent le passage du vivant en la Vie épurée, satisfaite insatisfaction qui brille ses arcanes dans le sens non de la désirabilité mais de la préciosité agencée, de cette œuvre qui de gestation en gestation augure au-delà du familier l'étonnant prestige de la Vie, non la vie minuscule, mais la Vie majuscule naissant en chacun la consternante idée, consternante par ses degrés, de l'Éternité, car ici se tient le lieu et comme il en est de rare parmi les terres connues et inconnues, un lieu idée où le rêve transcende la réalité, où l'altière définition de la Vie est raison, dénommée la Villa Manrique, en ce lieu privilégié de Lanzarote, des routes Atlantes le vertige et le sacre en sa moisson opiacée...

Chant XXVII

Promontoire de la nue, où dansent, en contrebas, des nefs Hespérides, allant venant le front de l'Île gracieuse, tégument du cil de l'Atlante en préhension de la montagne claire, dressée sur son chemin, alimentant de son feu sa réjouissance native, dans l'écume blonde des sommets qui enjoignent ces bras de l'Océan à l'heureuse certitude, éparpillée myosotis aux vols des pétrels dont les voies d'iris sont empreintes de la pluviosité des basaltes aux roches fauves et sinueuses partageant les clameurs adulées des épices de soleil, de grenats et d'améthystes dont une pluie de sable vient laver la profonde démesure, ardeur du flot et de ses sèves, de ses âges revenant en panaches azurés, pullulant, annonçant la calme assurance du partage des frissons aux mélopées ardentes insinuant leurs rêves diamantaires dans le fruit du souffle épousé, doux frisson de l'aventure déployée par-delà les algues des îlots,

Les lys roseraies du couchant, et les moiteurs du levant, forge des principes de la rencontre sacrée des continents, là-bas, si loin, si près, que déjà le cœur palpite leur horizon, tandis qu'esquisses du vent et de la terre, les bruissements des laves émergent s'agencent en un fruit neuf qu'une onde d'Océan caresse, pulsion de mère attentive à l'enfantement généré, bâtisseuse d'orbe à mi repos, vent de l'histoire sans repos, enceint de la magnificence du lieu, enivrante portée que témoigne un sursis, instance hier de la gravitation comme de la mesure par les péripéties de l'œuvre du fait humain dont la noblesse comme la densité irise ce promontoire, conquérant d'hier et de demain, déployant son oriflamme par les chemins, telle une écharpe de soleil, allant le conte des fruits de la Vie par toutes révélations engendrées et agencées par la beauté native de l'espérance et de son salut, nidations d'escales sacrales qu'Olympe le prestige éclairé du songe hardi, celui de la destinée sans oubli...

Chant XXVIII

Ambre douve de l'éclair, dans le firmament des hôtes de ce chant, alors que l'épervier fidèle, d'un regard clair alimente le propos des vagues, dans les lames bruine le sérail des roches sédimentaires grées, parfums antiques des rubis de l'onde aux mémoires ataviques, parfums de doux sérail dont les méticulosités s'ordonnent pour enchanter un souffle sans errance, stance portée par les renforts des nidations de l'Ouest où s'aimèrent les êtres et les fastes, dans la fenaison des rives et dans la candeur des signes, dans l'ouvrage même de la pérennité des vagues délivrant leurs spasmes par toutes frondaisons des rivages sans oubli, ici et là, écumes blondes et tendres élans, déchaînements et caresses infinies, toutes voies ouvertes à la navigation du règne et de son éclat mystérieux, de l'aube au crépuscule dans les passementeries que l'ivoire cerne et dont le conciliabule nous étonne aux passages des rêveries des volatils embrasés par le feu du soleil, du nord au sud, de l'est à l'ouest,

Sans escales aux dimensions portuaires de leurs élans, sans escales, car toujours renouvelés par l'essor vertueux allant à la conquête du fabuleux, dans l'instinct prononcé des clameurs se manifestant, telles les marées dans la pluviosité des nacres, dans les semences des lotus, dans les clartés odoriférantes des signes fauconniers, par-delà les abus des sorts constellés de moires aisances, par-delà les forges ébruitées et décharnées, toujours dans le sens du Vivant, alors que s'initie le règne de la splendeur en sa fécondation sublime, Solaire l'embrasement des vagues sous la nue, des portiques enfantés le chemin assignant le parchemin à sa vitale perfection dans l'Azur suranné, contemplation de l'agir aux forces d'un élan vital dont la promesse est le règne qui vient, le règne qui ne se perd, le règne du Vivant en marche triomphante sur les éléments et leurs semences moirées de songes, sèves vigoureuses des conquêtes à naître souveraines...

Danse des marges continentales que le bruissement des accouplements diaphanes fait luire de beauté sacrale, danse d'après danse aux festivités de la nue qui se poudroie d'or et de lumière, de cet ambre magique coulant sur les corps la parure infinie de la beauté et de ses âges, tendres éloquences du signe arborescent dont la mesure affine le calice superbe révélé, cristallisation de la nuit et du jour aux parfums des sources émerveillées, les unes les autres partants à la rencontre des sèves anachorètes dont les discours viennent les contes de l'enfance, de l'adolescence, des signes adultes et des féeries des souffles, dans l'apprentissage de vivre leurs couleurs, leurs pâmoisons et leurs zéphyrs, dans cette appréciation que rien ne peut détruire, tant d'ivresse en la perfection de leur jeu, tant d'émotion en la splendeur de leurs feux, de ces feux marchant vers la lumière, de ces feux vifs ruisselant de draperies somptueuses,

Afin d'offrir alcôve aux amants du jour et de la nuit, du soleil et de la pluie, de la terre et du vent, dans le consentement du chant qui ne s'épuise, s'incarne et s'initie, dans ce chant d'Or sous le chant lui-même, orbe souverain de l'hymne altier et fécond qui tresse la couronne des époux, enfante leur vertu et situe le renouveau dans le gémissement de leurs chairs emprisonnées de frissons et de douceurs, téguments songeurs de rives de perles éployées dans des gravures mythiques et mystiques dont les pluies d'arc-en-ciel enchantent le grenat de l'"ivoirine et du jaspe, constellations de fruits d'émeraudes aux sillons de la nue portuaire arrimant sans naufrage les espérances des lendemains, l'enfance baignée de certitude, d'espoir et de beauté, l'enfance mage dans ce royaume sage dont l'éclair est le parfum de l'ambroisie et de ses règnes, dont le souffle est la préciosité de l'instant qui passe et ne revient, mais toujours déclame sa portée afin d'ouvrir sur l'espace son secret épanchement de racines éployées...

Mystique essor des plénitudes embrasées, là, ici, plus loin, dans ces reliefs qui sont sources de purs éveils comme d'imaginaires certitudes, alors que le vent dans sa frénésie balaie l'immensité dans un regard austère et supérieur, alors que le soleil se tait pour montrer dans la pénombre des clartés les couleurs diamantaires d'un rubis, alors que le souffle se calme et la latitude ouvragée, sans estomper son règne, lentement se finalise pour porter ses yeux mordorés sur la majesté de l'Île embrasée, dont le fruit de la conscience s'éploie pour emporter dans son règne chaque état de la puissance générée, où ici se tient le lieu et ce lieu en sa mythique appartenance développe ses propres oasis, montre au-delà même de l'enseignement de ses sols et de ses cieux, la nature profonde de son éclat, de sa densité, de son émotion, permettant de visiter ce qui fut au-delà des rectitudes amoncelées qui déploient leurs oriflammes,

Non seulement le souffle des Ilotes mais le souffle souverain et continental d'un embrasement qui fut, chemin de danse et d'épreuve, chemin de fête et d'austérité, chemin d'une complainte qui ne se lasse mais offre au regard sa témérité sans oubli par-delà les soucis de l'appartenance, chemin vigoureux clamant son dessein par toutes laves des fusions emportées jusqu'aux marches de l'Océan, là-bas, plus loin encore, aux barques fraîches des palmes roseraies, dans la montée des eaux et la puissance des feux inscrivant leurs serments en toutes pierres de la roche lumineuse, ici et là, plus loin encore pour apporter la définition d'un hymne par toutes portes navigantes et naviguées, d'un sort commun embrasant le solstice et témoignant d'un équinoxe, et par-delà les velléités naturelles, s'animant et se ranimant afin de fertiliser les mondes sans errances du Vivant, ici, plus loin, déjà aux continents, ressemblance de ce continent qui fut et ne reviendra avant qu'eux-mêmes disparaissent...

Chant XXXI

Et le fruit de la conscience émerge ce respire, de l'histoire oublieuse, de ce mensonge en calvaire de l'ignorance, et ses parfums splendides ébauchent sans souffrance l'harmonie du lieu, villégiature de sérail aux croyances fidèles, aux mesures impérissables, si impérissables qu'elles baignent encore la toison de l'horizon jusqu'aux terres les plus lointaines, jusqu'aux mythes les plus profonds, alors que dans la nue sauvage s'éclaire le principe de la beauté, de ses stances et de ses frondaisons limpides, d'une clarté ne s'imprégnant d'oubli, d'une clarté vive permettant de dessiner dans l'azur ses pourpres et ses grenats, ses villes bâties et ses espoirs conjugués aux cénacles les plus vastes où paraissait le Chant, ce Chant jamais perdu et toujours renouvelé que la frise des temps ne saurait chevaucher sans perdre haleine, car le Chant est hors du temps comme l'Île en son royaume dans ce chemin des vents qui font et défont les augures du vivant, et ses larmes et ses rires, et ses serments aussi,

Serments qui furent prononcés dans la venue des flots titanesques, serments qui furent adulés et prospérèrent de mers antiques en mers antiques, dans l'affront de la terre et de ses éléments en mystères voyant graviter des abysses le renouveau, et sa flamme comme ce renouveau viendront des terres émergées en ce jour de pâle horizon, au cœur de l'altière définition qui passe et se rejoint, harmonie s'il en fut dont la volition n'estompe le parchemin dans la divinité des heures ébruitant son flot, sans interruption dans la vision concrétisant sa demeure, naissance et renaissance, naissance et magnificence, déclin et justice œuvrant, renouveau et augure veillant, sans jamais se lasser de l'appropriation, de la raison l'envergure du sillon qui sera de nouveau signifié, et peut-être disparaîtra un chemin, jamais le parchemin initiant et fidélisant l'incantation de la Vie éternelle regardant, impérieuse, l'éphémère comme intemporalité du vide...

Ainsi le règne dans l'état de la puissance des éléments charnels qui disposent de leurs élytres par les vols cendrés de pétrels armoriés qui veillent, compulsent, détaillent, œuvrent en secret, jalousement conservent, étonnants volatils dont le feu des anciens tourments navigue les déploiements de couleurs aux cantiques armoriés baignant de leurs lys les enfantements les plus suaves comme les plus mythiques, arborescence s'il en fut de plus noble et de plus sauvage dans la pénétration des sens qu'ils adviennent, ces sens brûlant tout le connu pour en défaire les liens factices, les brumes opiacées, les savoirs sans routes, les tumultes sans nombres, toutes voies sans lendemain veillant semble-t-il sur le devenir de l'humain, mais qui ne sont qu'échancrures de nuages aux oripeaux de brume sans cristal, et qui disparaîtront tels quels ce jour neuf qui verra naître l'humain à l'humaine perception et non à la clameur de métaux sans lumière frisant, insolents, nos temps agités,

Mesures sans éveil à la pérennité des voies, à la précarité de ces mêmes voies, dont l'existence ne tient qu'au fil de la volonté d'être et non de paraître, ne tient qu'à la destinée qui se prononce et non à la destinée qu'on attend, ne tient qu'à la volition souveraine de parcourir plutôt que d'attendre que tout se fige, que tout se fasse, que tout se contrôle, aunes de nos souffles louvoyant au milieu des esquifs de l'imprudence de la considération et de ses vertiges, de ses émaux marbrant d'inconstance la pérennité de la Voie et de son argumentation, pauvres noblesses disparaissant en l'état de cette révélation de l'Île amoureuse dont la conscience est le reflet de notre conscience de vivant, sachant dans la pertinence de son regard le devenir qui tient lieu à l'humain, toujours renouvelé, celui de la conquête inflexible, impérieuse nécessité qu'il convient de déclamer plutôt qu'ignorer, si tant passant de l'astre qu'il convient de désunir du désastre...

Chant XXXIII

Marque domaniale impérissable dans ce temps, Lanzarote est témoignage du
devenir de l'Humain, dans l'étreinte du feu l'ardeur de ses racines, de la terre
ivoirine la composition organique de son destin, dans l'étreinte du vent
constellation ardente de l'esprit solaire son ouvrage bâti et bâtisseur,
prompte semence de l'orientation du signe qui féconde l'irisation et son
avenir par les temps, dans le propos sans masques qui réalise le cœur de la
Vie, témoignage absolu de la dimension qui passe et ne revient, qui se doit
afin de porter vers le firmament l'exonde passion de son œuvre et de ses
talismans, par-delà les rives de son Chant, par-delà les arborescences des
œuvres qui mûrissent, par-delà les écumes anachorètes flamboyant sa
demeure et ses liesses épousées, insigne de la venue de la volonté qui se
déploie et ne ploie, insigne d'une présence qui s'assigne non dans l'espérance
mais dans le devoir supérieur et conquérant qu'il convient non d'assagir,

Mais de développer à jamais dans l'esprit humain afin qu'il ne se taise, qu'il
ne s'obère, qu'il disparaisse, mesure de la Voie et de sa claire autorité qu'il
convient de voir nuptiale par-delà le fardeau des âges et de leurs moires
aisances, en allant au-delà des marques cristallines à la rencontre du cristal
lui-même, des faisceaux d'étoiles l'accueil immortel qui vient, là-bas, alors
que la nue somptuaire découvre ses limbes éthérés, ses densités magiques,
ses conjonctions étonnantes, toutes Îles par le Chant développant leurs
ramures pour mieux inviter l'espèce à se déplacer avec intensité dans la
fenaison de leurs ivoires, de leurs lagunes et de leurs espérances, à
ensemencer et signifier dans la plus vaste allégorie qui soit, celle de
l'harmonie et de ses stances, harmonie de l'hymne engendré en devenir de
l'Éternité qui passe et ne revient, mais que l'on peut retenir dans
l'embrasement épithélial de la volonté affirmée d'Être et non paraître,

Table des ÉLÉGIES

Charco Del Palo Lanzarote
Le 29/10/2003
Royan
2018
Vincent Thierry

HORIZONS

Ivoire

D'Histoires nouvelles

D'Orbes

Stances

SOLSTICE

Idées

Âme Française

Expressions

Solstice

D'UNIVERS

D'Iris

Démiurgique

D'Azur

Flamboyant

REGARDS

D'un Ode Vif

D'une Gerbe de Soleil

Du Songe

Du Savoir sans Oubli

Que l'Onde en son Respire

Que l'Or Solaire

Qu'azur le Cristal

Du Souffle Vivant

De l'Harmonie

ISTAÏL

Cygne Étincelant

Âme de plus pure Joie

D'un Âge d'Or Renouveau

Par le Ciel Symbolique

De l'Être Universel

Règne d'Or Liquide

De toute Luminosité

ARRIOR

Sous le Vent de poussière

Des Catacombes

Debout au milieu des ruines

L'Aigle Impérial regarde

RESCRITS

Aux Protocoles

À Thanatos

Aux Droits

À l'Histoire

CONSCIENCE

Contemplations

Orientations

Actions

Le Diamant Foudre

CRISTALLOÏDES

Essors

Cristal

Empire

In memoriam

Lanzarote Élégies

De Corse les Chants

Jeunesse lève-toi !

Métamorphose

Roseraie de lumière

Constellations

Semeur d'étoiles

Pléiades

Aux confins des Univers

EXPOSITION

Prélude

Exposition I

Exposition II

Exposition III

Exposition IV

Exposition V

MULTIMÉDIA

UNIVERS

(Shows artistiques informatiques – CD/DVD)

1992-2018 : Univers I à XXXIII

2007 : Univers Film IDDN.FR.010.0109063.000.R.P.2007.035.40100

ÎLES

(Films CD-DVD)

Est Ouest

Atlantis

Fragments

Rêve Corse

MUSIQUE
(CD-DVD)
Émotion
Mystica

Éditeur Patinet Thierri

http://harmonia-universum.com

Impression

http://www.lulu.com